SUR

LA GIRAFE.

Par M. GEOFFROY S.-HILAIRE,

MEMBRE DE L'ACADÉMIE ROYALE DES SCIENCES,
PROFESSEUR-ADMINISTRATEUR DU JARDIN DU ROI, PROFESSEUR DE
ZOOLOGIE A LA FACULTÉ DES SCIENCES, ETC.

PARIS.

IMPRIMERIE DE C. THUAU,
RUE DU CLOÎTRE SAINT-BENOÎT, N° 4.

1827.

SUR

LA GIRAFE.

Par M. GEOFFROY S.-HILAIRE,

MEMBRE DE L'ACADÉMIE ROYALE DES SCIENCES,

PROFESSEUR-ADMINISTRATEUR DU JARDIN DU ROI, PROFESSEUR DE
ZOOLOGIE A LA FACULTÉ DES SCIENCES, ETC.

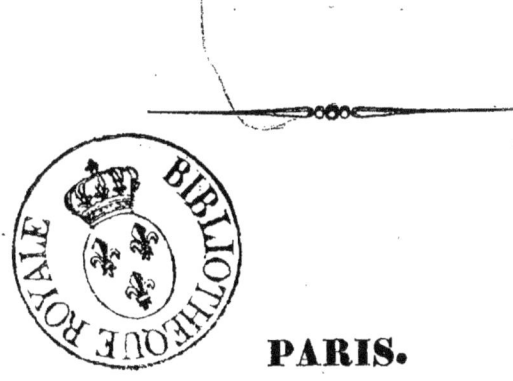

PARIS.

IMPRIMERIE DE C. THUAU,

RUE DU CLOÎTRE SAINT-BENOÎT, N° 4.

1827.

SUR

LA GIRAFE.

Le pacha d'Égypte qui avait déjà donné au Roi de fort beaux animaux, tels que l'Éléphant, d'Afrique, des Chevaux arabes, des Gazelles etc., consulta, sur un autre envoi qu'il voulait faire, le consul français M. Drovetti; celui-ci désigna une Girafe, et le pacha en fit aussitôt demander dans le Sennaar et au Dar-Four. De pauvres arabes sur la lizière des terres cultivées entre ces deux grandes provinces en nourrissaient deux très-jeunes avec le lait de leurs chamelles. Elles furent bientôt conduites et vendues au gouverneur du Sennaar, qui les envoya en présent à Mehemet-Ali pacha.

Ces Girafes firent route, d'abord à pied avec une caravanne qui se rendit du Sennaar à Siout, ville de l'Égypte supérieure, puis sur le Nil, de Siout au Caire. Le pacha les garda trois mois dans ses jardins, voulant leur donner le temps de se reposer et de raffermir leur santé, puis il les envoya par la voie du Nil, à Alexandrie, ou elles furent remises, l'une au consul de France, et l'autre au consul d'Angleterre. C'étaient

I

deux jeunes femelles ; l'individu donné au roi d'Angleterre aurait, dit-on, péri à Malte.

La Girafe destinée au roi de France fut embarquée pour Marseille sur un bâtiment Sarde : elle eut à souffrir quelques mauvais temps ; néanmoins elle se remit très-promptement ; et après avoir satisfait, elle et ses serviteurs, aux lois de la quarantaine, elle entra dans Marseille le 14 novembre 1826. M. le préfet, comte de Villeneuve, la plaça dans des dépendances de son hôtel, et lui fit donner des soins qui furent efficaces : car elle n'a cessé de jouir, durant son séjour à Marseille, de la meilleure santé.

On a varié sur son âge compté en nombre de lunes ; cependant on est parvenu à concilier quelques renseignemens contradictoires et à établir qu'elle avait pris vingt-deux mois en novembre 1826.

Le trajet pendant la saison rigoureuse de Marseille à Paris aurait pu compromettre la santé de la Girafe : on la laissa passer l'hiver à Marseille, et elle ne quitta cette résidence que le 20 mai dernier, voyageant à pied et à si petites journées, que c'est seulement le 5 juin, qu'elle a fait son entrée dans la ville de Lyon.

On n'avait jamais vu de Girafe en France, Ce n'est pas que l'espèce soit décidément très-rare ; mais renfermée dans une vaste contrée coupée et bordée par d'immenses déserts, on a eu continuellement à lutter contre les difficultés de la sortir de son pays. On en trouve à la distance de quelques centaines de lieues de l'Égypte, comme à l'autre extrémité de l'Afrique, à quelques centaines de lieues du Cap C'est donc un animal des parties centrales de l'Afrique ; et tant que nous ne connaîtrons que quelques points de la ceinture de cette vaste contrée du monde, une Girafe en Europe y intéressera tout autant par sa rareté que par les singularités de sa conformation.

Les Romains, quand ils étendirent leurs conquêtes en Afrique, connurent la Girafe et en ornèrent leurs fêtes triomphales. Son nom antique *Zurapha*, d'où son nom actuel de *Girafe*, ne vint point jusqu'à eux. Ces farouches vainqueurs auraient craint, s''ils s'enquéraient des mœurs et des coutumes étrangères, d'affaiblir les ressorts de haine et de mépris qu'ils portaient aux barbares. La Girafe passa dans leurs mains, pour la première fois dans celles de César, à titre de tribut ; mais leur orgueil repoussait tout document qui l'aurait concernée. Ils la nommèrent donc à leur manière, l'appelant *camélo-pardalis*, Chameau-Léopard : ils lui avaient en effet trouvé du rapport, *premièrement*, avec le Chameau, par son volume, par quelques traits de sa physionomie, par son museau effilé, son long col, ses lèvres prolongées et singulièrement mobiles etc., et *secondement*, avec la plupart des grandes Panthères par les taches de son pelage.

Les noms qui sont une enseigne pour les idées, un signe qui les rappelle, arrivent ordinairement, avant que celles-ci soient nettement conçues. C'est effectivement ce qui eut lieu dans cette circonstance, puisque ni les formes, ni les couleurs, ne répondent exactement aux racines du mot composé *Camélo-pardalis*. D'abord, quand au Chameau, les différences portent sur des choses fort importantes ; un Chameau n'a point

de cornes : Sa mâchoires inférieure est caractérisée par
deux dents incisives de moins : ses lèvres sont fendues
et son large pied est emboîté dans une semelle. La
Girafe au contraire, porte comme les Daguets ou Faons
cornus des Cerfs des prolongemens frontaux : elle a
les huit incisives propres au plus grand nombre des animaux qui ruminent; le même pied fourchu, une toute
semblable conformation d'appareils intestinaux, etc.
En second lieu, quant à la prétendue ressemblance de
la Girafe pour les taches de la peau avec le Léopard, ce
ne sont point des taches rondes, régulièrement distri-
buées en roses, mais de grandes plaques entières et ir-
régulières.

On trouve dans les auteurs du moyen âge, qu'en 1486
l'Egypte envoya une Girafe à un duc de Médicis,
maître de Florence. La Girafe de cette époque s'était
identifiée, quant à ses sentimens du moins, avec tous
les premiers étages des belles maisons de la ville; elle
allait tous les jours prendre un de ses repas des mains
des dames florentines, dont elle était devenue la fille
adoptive; ce repas consistait en plusieurs sortes de
fruits, de pommes principalement.

Le *bel animal du roi*, c'est le nom donné à la Girafe
sur toute sa route dans le midi de la France, le *bel
animal du roi* est différemment nourri qu'alors : sa nourriture ne fut, et n'est encore point celle qu'il préfère dans
la vie sauvage. Du grain mélangé de maïs, d'orge et de
fèves de marais brisées au moulin, et pour boisson, du lait
matin et soir, suffisent à notre grande voyageuse. Elle
s'était rendue très-difficile à Marseille pour prendre sa
boisson devant le public : elle a renoncé à ce caprice en

route, où l'on a d'ailleurs remarqué qu'elle a gagné beaucoup en familiarité, comme en force et en santé.

La Girafe dans son pays natal, broute la sommité des arbres, préférant les plantes de la famille des *mimosa* qui y abondent : ce qui a décidé de son changement d'habitudes, ce sont les premiers mois de son éducation en domesticité. Les arabes, ses premiers maîtres, lui ont imposé des conditions auxquelles eux-mêmes étaient impérieusement soumis ; ou, si l'on veut, ils l'ont appelée à partager leurs vivres, et les ressources dont leur vie errante leur fait une nécessité. Ainsi ils l'ont allaitée d'abord avec le lait de leurs Chamelles ; ce qu'ils ont continué de faire dans la suite, parce que dans les parties du désert qu'ils habitent, il leur était plus facile de se procurer du lait que de l'eau ; et lorsque la Girafe eut exigé une nourriture plus substantielle, c'est le grain préparé pour leurs Chameaux qu'ils lui ont offert et auquel ils l'ont insensiblement accoutumée. Ce régime qu'il a fallu continuer dans sa traversée des déserts pour arriver en Égypte lui ayant très-bien réussi, on s'est bien gardé de le changer jusqu'à ce moment.

Mais ce qui montre qu'elle n'a point cependant renoncé à ses habitudes natives, c'est quelle accepte avec bonne grâce les fruits et les branches d'acacia qu'on lui offre. Elle saisit le feuillage d'une façon très-singulière, faisant sortir pour cet effet une langue longue, rugueuse, très-étroite et noire en l'entortillant autour de l'objet qu'elle convoite. Une autre de ses habitudes qui prouve que l'animal est décidément appelé à brouter les hautes branches des arbres, c'est sa manière gênée de prendre à terre. Elle s'y décide en faveur d'une branche de *Mi-*

mosa : mais on voit à la gaucherie de ses mouvemens, au temps qu'elle emploie, et aux précautions qu'elle est forcée de prendre, qu'elle agit vraiment contre les allures naturelles à sa conformation. Ainsi, elle écarte d'abord d'une petite quantité un de ses pieds de devant, puis l'autre, pour recommencer plusieurs fois le même manége ; c'est donc après de telles tentatives qui font baisser le tronc, qu'elle se détermine à fléchir le cou et à porter ses lévres et sa langue sur la chose qui lui est offerte.

Quant à ses formes et à ses rapports vis-à-vis des ruminans ses congénères, la Girafe est dans des conditions à exciter vivement l'intérêt ; ce qu'elle présente en propre et ce qui appelle sur elle l'œil de l'observateur, c. sont principalement les disproportions de ses parties. La tète et le tronc sont d'une briéveté excessive, surtout si l'on compare ces parties aux jambes et au col, qui sont d'une grandeur démesurée. On a, dans ces derniers temps où les conditions de l'organisation en général ont été embrassées dans toutes les hauteurs du sujet, aperçu qu'un système d'organes n'acquiert une dimension hors des proportions communes, que sous la raison nécessaire que d'autres organes soient restreints et diminués d'une quantité équivalente. Cette loi organique est exprimée sous le nom de *balancement entre le volume des organes* (1), : or la Girafe offre en sa personne un mémorable exemple de cette application.

En effet, on ne peut rencontrer un corps plus exigu

(1) C'est une des quatre lois sur lesquelles sont foudées les principes de la *Philosophie anatomique ;* lois appelées : *théorie des analogues, principe des connexions, balancement des organes, e: affinités*

d'avant en arrière ; car il se divise à-peu-près en trois parties, l'une pour l'épaule, l'autre pour la hanche, et la troisième, à-peu-près d'une même étendue longitudinale, pour la région moyenne. Or, c'est celle-ci qui est d'une exiguité à remarquer, aucun autre animal ne fournissant une semblable considération.

À ce tronc si court sont attachés des membres d'une longueur gigantesque : l'enjambée faite est ainsi profitable à une marche fort rapide ; mais cependant quelque chose contrarie ce résultat : 1° les deux paires d'extrémités sont trop rapprochées ; 2° elles sont un peu inégales en longueur, et elles le sont dans un sens à retarder la vitesse des mouvemens. Les animaux ont d'autant plus de petitesse et de rapidité dans la course et dans le saut, que les jambes sont plus courtes en avant et plus longues en arrière : or, c'est le contraire qui existe dans la Girafe. Néanmoins, bien que les données d'une telle conformation se nuisent réciproquement, il reste toutefois au profit de sa course rapide (mais alors cette rapidité n'est évaluée que relativement) ; il reste, dis-je, au profit de cette course, que, possédant de plus longues jambes pour fuir des ennemis entraînés à sa poursuite, elle réussit le plus souvent à leur échapper.

La Girafe, excitée à fuir, se presse, s'emporte, et est bientôt hors de vue ; mais elle ne soutient point longtemps cet effort, qu'elle ressent comme une fatigue : c'est que ses poumons n'ont pas assez d'ampleur ; défaut que révèle la petitesse du coffre qui les contient.

électives des élémens organiques. De ces lois on arrive à une autre qui les embrasse toutes, ou au principe de l'*unité de composition organique.*

Cependant les longues jambes de la Girafe lui font un besoin de l'activité et de la marche. Si son équilibre à conserver est favorisé par sa haute tête, dont elle se sert, comme d'un balancier, pour porter sur un côté un excédant de poids selon le besoin, l'immobilité des longs supports de son tronc serait à la longue fâcheuse; la Girafe y remédie en se balançant dans des temps isocrones, levant chaque pied, l'un après l'autre; davantage ceux de devant, et fort peu ceux de derrière. Ce mouvement lent et uniforme revient machinalement, quand l'animal n'a plus ses sens éveillés par quelque excitation du dehors; on pourrait ajouter, quand il ne songe plus à rien.

On dit la Girafe un animal du désert, et l'on s'étonne ensuite qu'elle trouve à y subsister. Ceci repose sur une fausse préoccupation de l'esprit. Effectivement, comment croire qu'un animal d'un volume aussi considérable se tienne où ne serait pour lui aucune ressource d'alimentation? Un sol âpre et brûlé du soleil, comme est celui du désert, ne saurait rien fournir, pas plus à la Girafe qu'à d'innombrables troupeaux d'Antilopes, qui s'y trouvent répandus à des heures marquées. Tous ces animaux sont d'autant plus exigeans sur la nature et l'abondance des pâturages, que leur grande taille rend plus considérable leur consommation. Or, ils trouvent sans difficultés les alimens qui leur sont nécessaires, en se tenant à portée des terres arrosées, et par conséquent très-riches en végétation, lesquelles forment en Afrique de très-grands espaces, de vastes royaumes; ils viennent faire curée dans des lieux qu'ils dévastent et qu'ils laissent désolés; apparaissant comme la grêle dans nos pays pour tout rui-

ner sur leur passage. Le désert n'est donc pour ces animaux légers à la course qu'un lieu de refuge ; comme
sont nos forêts pour les sangliers qui ont ravagé des
champs dans les plaines voisines. Le désert procure en
Afrique de vastes emplacemens à horizon fort étendu ;
tel est le lieu que préfèrent, après s'être repues, les
Girafes et les Antilopes, toujours entourés d'ennemis
puissans et excités par une faim dévorante : là ces animaux sont dans un éveil continuel et pleinement effi-
cace ; car dans le désert ils voient à une grande distance ; ils ne craignent point d'y être surpris : là leur
active surveillance, comme la vitesse de leur course,
dérangent les combinaisons les plus habiles, et tous les
piéges qui leur seraient tendus. Aussi les lions, qui ont
une expérience des ressources qu'on leur oppose, ne
perdent-ils point leur peine à des poursuites inutiles :
ils préfèrent attendre près d'une fontaine où l'on vien-
dra boire, à portée d'une riche prairie, où l'on sera
tenté d'arriver paître, où, à l'égard des Girafes, auprès
d'un fourré de *mimosa*, dont les sommités seraient une
autre sorte de riche pâture ; les lions en embuscade,
aidés par d'intelligens associés leurs pourvoyeurs, dits
caracals, et qui s'attendent au rabat du gibier près le lieu
où ils se tiennent cachés, les lions aiment mieux par
un seul bond tomber à l'improviste sur une proie sur-
prise et mise hors d'état d'user de ses dernières ressources.

Cependant les Girafes et les Antilopes n'entrent dans
leurs abondans pâturages qu'avec une extrême défiance ;
de grandes précautions sont opposées à d'industrieuses
embuscades ; et les Girafes, si elles ne peuvent fuir,

leur ressource la meilleure et la première mise en ac-
tion, les Girafes sont prêtes à la lutte. Il est donc
un moment critique où les combattans viendront à
se rencontrer et à se joindre. Cette Girafe, si douce
au milieu de nous qu'elle étonne à cet égard les
curieux empressés à la comtempler, si maniable, si
souple, si bonne personne que dans sa route elle a permis qu'un jeune Moufflon, né pendant le voyage, fît
de la grande étendue de son corps le théâtre de ses ébats,
de ses jeux enfantins ; cette Girafe, si débonnaire,
ai-je dit, dans une rencontre face à face avec le lion,
n'est point dénuée des moyens de se défendre : cet animal que nous trouvons dans une parfaite quiétude à
l'égard de ses gardiens qu'elle distingue, et du public
qui ne lui impose en aucune manière, trouve dans son
désespoir et dans le sentiment énergique que lui ins-
pire le besoin de sa conservation une toute-puissance
qui peut devenir funeste au plus terrible, au plus re-
doutable des animaux, le lion. L'événement de la lutte
reste acquis et profitable à qui a surpris l'autre. Si le
lion n'est pas sorti de son embuscade de manière à
pouvoir aussitôt prendre la Girafe par derrière, arri-
vant promptement sur son garrot, la Girafe fait tête
à son ennemi et lui rend mortel son premier coup de
sabot, le jet accéléré et violent de ses jambes de devant.
Qnelquefois, si elle est encore en mesure de fuir, elle
rue à la manière des chevaux ; mais elle est plus décidée
et plus confiante en ses moyens, quand elle emploie
les jambes de devant. En faisant front à son ennemi,
elle ne le laisse arriver sur elle qu'après une décharge
vigoureuse de ses pieds de devant ; il est vrai que si

elle a manqué son coup, elle est sans défense et tombe victime.

Le mouvement de ses jambes antérieures lui est si naturel qu'il se laisse apercevoir chez notre Girafe, présentement fort disciplinée par la domesticité. Si on l'approche et qu'on l'irrite, elle soulève et écarte chaque pied de devant ; mais, par un effet de son extrême bonté ou de ses mœurs domestiques, elle réprime aussitôt et annule cette première susceptibilité.

Mais à quoi sert la Girafe, dit-on et répète-t-on fort souvent? Comme les vues intentionnelles sont toujours restées dans le domaine des impénétrables desseins de la Providence, il vaut mieux, c'est du moins mon avis personnel, il vaut mieux demander dans quels rapports nos efforts de domination sur les êtres ont placé à notre égard la Girafe. Or, ce que l'on en sait, c'est que les peuples des parties centrales de l'Afrique disputent au Lion la Girafe, qu'ils trouvent à sa poursuite les mêmes avantages que l'homme, à sa possession la même utilité, qu'ils la considèrent et la recherchent comme un excellent, et surtout comme un très-abondant gibier. Elle est pour les noirs Africains, ce que sont pour les Européens les bêtes fauves de nos forêts. On a dit des Cerfs qu'ils peuplent, embellissent, animent nos bocages, qu'ils servent aux délassemens et aux plaisirs des grands de la terre. Pourquoi n'en dirait-on pas tout autant de la Girafe? Il y a parfaite analogie entre les uns et les autres, sauf que ce sont des bois qui deviennent les lieux de refuge de nos bêtes fauves, et que ce sont des déserts pour les Girafes et les Antilopes. Il est sans doute inutile d'expliquer comment et pourquoi la nature des choses en a ainsi décidé.

Deux groupes parmi les ruminans sont distingués d'après la nature de leurs cornes ; les uns analogues au Bœuf et les autres au Cerf. C'est à ce dernier genre que la Girafe peut être rapportée , et encore n'est-ce que dans une certaine mesure ; la Girafe se montre durant sa vie entière ce qu'est le faon ou le petit du Cerf qui a donné sa première croissance frontale. L'os du front s'allonge chez celui-ci et est d'abord renfermé dans les tégumens communs qui croissent simultanément avec lui. Or , voilà exactement ce qui est dans la Girafe ; mais à l'égard du jeune Cerf , la peau d'enveloppe meurt bientôt et se détache : bientôt aussi la tige osseuse qui est à nu , tombe elle-même en vertu du phénomène de l'*exfoliation des os*. L'année suivante , un autre prolongement frontal , à tige rameuse , est réproduit sur la tête du Cerf. Or , rien de cela n'a lieu à l'égard de la Girafe. Celle-ci conserve toujours l'excroissance frontale revêtue de sa peau , qui caractérise son premier âge ; d'où il résulte que la Girafe est dans une condition particulière entre les ruminans *cornus* et les ruminans *branchus*. Elle est donc remarquable principalement sous ce point de vue , qu'elle réalise dans un état persévérant , ce qui n'est pour les Cerfs et les autres ruminans *branchus* qu'un phénomène du premier âge.

La Girafe envoyée au Roi par le pacha d'Egypte est arrivée à Paris le 30 juin ; elle ne paraît nullement fatiguée du voyage , et elle est sans aucun doute plus robuste et mieux portante que lors de son départ de Marseille. Le Jardin du Roi est le premier établisse-

ment scientifique qui ait possédé une peau de Girafe ;
c'était celle de l'individu tué par Levaillant dans l'A-
frique Australe. Depuis lors une autre peau et plusieurs
têtes osseuses ont été rapportées de la même contrée par
plusieurs voyageurs ; ce qui nous a permis de comparer
la Girafe du Cap à celle du Sennaar, et de reconnaître
que celle-ci forme une espèce distincte, caractérisée par
les formes différentes des cornes et de diverses autres
parties du crâne, comme par la grandeur et la disposi-
tion des taches du pélage.

FIN.